QK時間

—二行詩集・第一集—

―第一部―

そう簡単にはいかない
事情ってもんがありますから

脳が出した指令は「アウトプットせよ」だった
ならばと二行にまとめて出力機で出す

休憩時間にはスマホを置いて外や屋上に出よう
背伸びして深呼吸したらいいアイデアが浮かぶかもー

旨いものを食べよう　好きな人と話そう
そんな日がたまにあるしあわせ

若い時には天涯孤独に憧れたりしたけど
若くなくなった今そうなってしまうと心細いだけ

若き日の夢追いやまぬ汝が頬を
でっかい夕陽が濃く照らしおり

内容と結果には誤作動が生じて
反比例することがある　しかも頻繁に

会社の配属でここに来て一年
友も恋人もなく旬を過ごしてしまいそうな予感

わあ、カレンダー!
まだまだ先だと思ってたのに早いじゃん

ダメな人なんかいない
そのことが合わないかやり方がまずいだけ

むかし読んだ本　持ち歩きたくなって
選んだカバーは君が置いて行った本に巻かれていたやつ

病得し　若き身　空へ逝く君に
吾残されて　辛き道行く

出会いがあったから来た別れだが
深手を負ったこの心を修復できるのは時間だけなのか

はじめ良ければ終わりよし
だったら今年もまたカープか

老人世帯の庭に揺れる洗濯物
生活が立っている証の陽だまり

深い愛情にもいつか訪れる別れの日
今日もその日までの確かな一日

早起きは三文の徳という
長生きの徳は如何ばかりかと愚を問う

雨の日はどうしても心が沈むから
わざと雨が好きと言うわたし

わたしの投げたパンくず食べに来てって
雀をずーっと待ってるんですけど

そう簡単にはいかない
事情ってもんがありますから

ああめんどくさい、これが一生続くのかと思うと
一層めんどくさくなるから思うのやめた

生きるということは食ったり寝たり働いたりしながら
いらぬことを考えること　そして悩むことなり

買わないと絶対当たらない、買ってもたぶん当たらない
だからこっそり買わないふりして買う

わたしは月を見ている、月もわたしを見ている
わたしたちって両想いだね

空き家に漂う賑やかなりし面影
住まいし人いずこ

ミニスカートの職服の足組みて
ＯＬはひとり遅き昼食をとる

いやぁどこ行ってもたいへんですよね
と煙草のみ同士は初対面でも会話易し

似合いたい服が似合わない
似合いそうな服はイケてない

信じたくないことが現実として現れたとき
自分の本性と向き合うことになる

烏はだいたい人間に嫌われる
死ぬまで濡れ羽色でいられるからかも

新車は買った翌日には中古車になる
乙女より命短かし

かの日楽しき日々をともに送りし人
吾を置きいま永遠に眠る

何を飲む？　と聞いてくれる君に
エスプレッソと言いたいけれど今日の服と合わないからやめとく

大丈夫大丈夫、全然悪くないよ
君は完璧主義か、とりあえず下手に出ただけか

なんとなくという感じで吹いてくる風が欲しくて
窓の開き具合にこだわる

感情移入していたドラマの
ハッピーエンドは嬉しいけどちょっとね

社員寄りの社長がいれば、私腹寄りの社長もいる
入ったあとわかっても遅いと思う

イベントが成功した翌日みんなの表情や言葉が明るい
苦しんでたのは私だけじゃなかったんだと安堵

阪神戦のテレビ見ながらガラケーで戦局メールやりとり
めんどくさいけどすごく楽しい時間

明日面接なんだよねーなんて笑って言ってるけど
恐《こわ》さにおののいているのはきっと出てる

このままじゃいけないと焦る気持ちを
今日はシンクを磨いてごまかしたが

看板犬の頭を撫でて、あんたはいいよね毎日気楽で
なんて言う人がいっぱいいる

なぜ生きるのか
その答えが今わの際にわかる

新たな一日の朝がある　聞いてくれる夜がある
寄り添ってくれる人と音楽がある

この桜吹雪、知らねえとは言わせねえぜ
なんて一度か二度でいいから言ってみたい

わたしは寝不足に弱いから
何時に寝たかわからないようにしているのよ

弱ったときにため息?
思いっきりついたら気持ちいいんじゃない?

手拭いとタオルの関係や如何に
仲良さそうでそうでもなさそうで困る

とにかく妄想しないことには始まらない
無謀な思い違いがドリームズカムトゥルーのスイッチ

ろくでもないものは二束三文
私の預金は利息三文

成功は大量の無駄撃ちからしか生まれません
だからあれは無駄ではないんです　言い訳ですけど

自分の幸せぶりをマスコミに投稿する無神経さを
容認する気にはどうしてもなれないのは私だけか

自分探しの旅に出る？
なぜそこで探さぬ

わたしは嘘をいっぱいついてきた
同時にいっぱい聞いてきた

フラれたから言うんだけど
おれ結構がんばったと思う

自分を励ますのが一番上手なのはわたし
励まされて有頂天になって、いざ出陣！

飲んでるときはハイテンション
抜けたアルコールに残る後悔

人はいつだって
感動したがっているのだ

太陽は朝日になりお日様になり夕日になる
わたしは朝起きて日中《ひなか》働いて夜眠る

冷やし中華を食べようと思って入るが
どうしても違うものを頼んでしまってるうちにメニューから消える

アイスコーヒーは氷で薄まるから
ここ数年頼みあぐねています

こんにちは赤ちゃん
すまねえ、こんな世の中にしちまって・・・

海に向かってバカヤロー！って叫んだ
明日も頑張れー！　って近くにいたおじさんが言ってくれた

すごくいいロケーションでキャンプをしたんだけど
わたしはインドア派であった

わたしほぼすっぴんで勝負してます
お化粧美人に負けないぞ

こまめに保存は鉄則だよ
ですよね～って言ってるシチュエーションよくある

メソメソするなー！　泣きたいのはおれのほうだ、ったく！
ってシチュエーションもよくある

私達はお別れをして、二人とも恋を失う
そこに捨てる捨てられるをもってくるとややこしい

小学校のグランドから運動会の練習の声が聞こえる
みんなの足をひっぱらないようにと真剣だったあの頃が蘇る

自分のために頑張るんでもいいけど
そのさきに「愛する人」がいたらステキだね

ここに書いてある二行は、〝深い〟と言ってくれるあなた
それはあなたが、〝深く感じたい人〟なんだと思う

友達から手紙がきた
すっごいスペシャル

幸せの条件はいろいろあるかもしれないが
手にしてみると次が欲しくなり幸せを見失う

わたしたちこの先どうなるんだろうねって聞かれた
・・・、この質問自体かなりやばい

一万円札に有効期限がついたらどうなるか
期限間近の札束に赤札が貼られたりして

願望を抱くことから始まる
それを絶対に手放さないで

納豆を最初に食べた人は
どんな事情があったにしても勇気があると思う

世界平和のために核を持つという
地球は矛盾を実現して今日も回る

年金の日に郵便局へ行ってきたんだけど
杖を忘れてたのに気付かなかった

ウェッジウッドのティーカップで飲む
すっげーうまいんだけど気のせいかしら

泣きそうになる心を励まして
立ち向かう自分ってちょっとよくね？

せっかく手に入れたものは輝きを失い
また手の届かないものを欲しがっている

とにかく『カッコいい！』っていうのが
そうなれないわたしを悩ます理想形

結婚したら幸せになれるか?
結婚と幸せは同居してるように思いがちだがそもそもの次元が違う

親だって昔は十代だったはずなのに
なぜ十代の私に立ち塞がるんだろう

ホタテ、ウニ、生牡蠣
ぜんぶあげますどうぞどうぞ。（ふぐは食べます）

就職か進学か
もう一つ、せめて三択にしてほしい

してはいけないことをしたくなる
悪魔が優しく心の隙間を押している

あのスマップも大昔の平家のように言われるのか
盛者必衰の理を表す

このあいだ遊び人て言われてる人と話したけど
結構まじめに遊んでましたよ

お金持ちの人とも飲んだけど
私の方が無駄遣いしてるみたいでしたバカヤローですね

お隣の藤の花が一房　塀垣を越えてきた
なんだか恥ずかしそうに揺れている

なんでそうなるの？　って言いたいけど
どうも言ったら負けになるような雰囲気である

初体験って言葉聞いただけで
わくわくドキドキしません？

私のどこがいけないのって聞かれた
わたしは貝になりたい

親の顔が見たいなんて無礼なことを言う人には
見せてもいいけど拝観料をいただきますからね

情けは人の為ならずという言葉は知っていたが
退職してその意味を痛感した次第

師を持たぬ人ありや
もったいなきこととしか言えず

今がよければいいという今が
続くのはきっとそう長くない

努力は実らず想いは伝わらないとぼやきながら
それでも毎日やり続ける君よ握手してくれ

どこでどんな状況で生まれたかは
人生の多くを支配しかねないが全てではない

あらかじめ答えを用意したうえで
いきなり部下の私にそんな質問しないでほしい

親の付き添いで病院へ行くたびに
我が身の運にただ感謝しおる

開き直るのとやけになるのはハタから見たら似ているし
覚悟の上と後先考えずの違いはあるが結果も似たようなものになる

いま雨が降りだしたが
この雨は初めて降った雨なのか前にも降ったことがあるのか

あ、そのあたりまえのこと
それって哲学の材料になるかもしれない

同じところにいて
夢を描く人がいて絶望する人がいる

いつでも目の前の道は二つに分かれている
どちらかを歩いてここまで来てまたどちらかを行く

大切なことをぞんざいにしておいたから
取り返しのつかないことになった

瞬間湯沸かし器は涙が出るほど嬉しかったと
老母がしみじみ語っていた

靴の底はいつも危険にさらされているから
なるべく変な物を踏まないようにしてやってください

運が悪いと思うのなら
日頃の行いを顧みるよう勧められた

健康で文化的な生活をしようと思うが
健康は朝のラジオ体操からとして、文化的とは何のことか浮かばない

主張か妥協かで悩むところでは
融和という方向で検討してほしい

背負っているものが重く感じたら
一度降ろしてその正体をちゃんとみてみる

―第二部―

真夜中のガッツポーズ

詩人の書く詩は長くて持て余すから
きっとそういう人もいるかと思い二行で書く

気に入った二行が書けたとき
真夜中にガッツポーズしてた

ゴミもペットのフンもちゃんとしなきゃ
あなたの地球でもあるのだから

お金持ちに関する話題には
いったいいくつまで生きるつもりですか？　で付き合っている

防犯カメラに婚活中をアピールしたって
効果ないですよね、やっぱし！

太く短くとか細く長くと言うように
面積の概念には説得力ある

なさそうであるもの、ありそうでないもの
愛と寿命

夢の実現に必要なものは
勝手な思い込みのうえでの緻密な計算

あまねく生きとし生けるものは
動く、食べる、しゃべる、休むに尽くせり

石の上にも三年か、賢者は船を乗り換えるか
今の私はどっちなんだろう

忘れられない人がいます
あのときわたしたちは何を考えていたんだろう

継続は力なりというが
何を継続するかで大きな違いの結末を迎える

いくら世紀を重ねても紛争がなくならないのは
人類が闘争を好む生き物として作られたからではないのか

思ってても伝えていないんだったら
伝わるわけないいじゃん

キミのポテンシャルはこんなもんじゃないなんて言い方じゃなく
素直に褒めればいいのに、課長！

なんでも便利な時代になると
不便を好む人が増えてくる

おれは年中無休で年中無給だと
父の介護をしている母が言ってた

胸キュンか・・・、いいね
また会えますように

聞かれる前に途中経過を報告すると
だいたい喜ばれて、励まされたりもしちゃう

ラジオから青春譜が流れる
心にさざ波がたち来し方行く末を思はざる

初夏の夜に窓を開けると聞こえる
トラツグミの長く澄んだ恋人を呼ぶ声

もう百年も人間をしているが
知ってることも食ったことがあるものもごく僅かだ

この憂鬱な状況も
神が与えてくれた試練の一つとして感謝してみせる

自分の中で答えは出ている
その答えが気にくわないだけだ

放っておくとわたしはどんどんネガティブになっていく
だれかや自分がときどき声をかけてくれるので助かっている

何をもって不幸というのか
その答えの上位にあって最も悔しいのは貧困ではないか

絶望の淵でもがくわたしよ
もしかしたらそれはまだ絶望ではないかもしれない

同じことでも見方言い方を変えれば
やり方が変わり無理が可能に変わる

落ち込んだとき
夜中に高安みたいなガッツポーズを複数回すると何かが変わります

わたしは読書家だが
気が短いのでなかなか最後まで読むことができないでいる

俺ってバカだよなって友人に言ったら
大丈夫だよ自分で言ってるうちはって言ってくれた

カフェにいるときに体操したくなったのは
期末テストの勉強するときに小説を読みたくなるのと同じか

あの頃のシゲル君に会いたくなって今のシゲル君に会いに行った
見た目は変わっていたけれどあのシゲル君にも会えて嬉しかった

辛くて悔しくて悲しくて切ない自分を
泣きながら鼓舞して進む

二度と復活できなくていいから忘れてしまいたいことがある
だけどわたしの心に選択→削除のキーはない

太陽を浴びて生き返る
深呼吸をして前に進む

『さよならをするために』は好きな曲なれど
その歌詞は幾度読めども意味がわからず

船で海外旅行に？　いいわね
あなたその間一人だけど大丈夫かしら

面接に来た女子は「何でもします、働かせてください」と言った
目の輝きが嬉しかった

車を買い替えました
助手席空いています

夜中にゴミステーションの扉を開ける音がする
負なるものもその袋に入れて、希望を胸に生きて行け

新しいスケッチブックを買って
そこに新しいわたしを描いてみよっかなー

辞書にある恐ろしい言葉は
実際にあることだから辞書に載っている

おれが昔書いたラブレターもらった君よ
間違っても持っていないでくれ

どうしてあんなこと言ってしまったんだろう
好きなのに。好きだから？

健康な自分と家族がいて友がいることは
あたりまえなんかではなく幸福の基礎をなす

梅雨入りの音聞こゆれば思ひだす
がくあじさいを活ける横顔

明日決まっていることなんて何一つない
すべてが新しい初めての体験

わたしが卒業した中学校の前庭に、希望と感謝という名の像があった
なぜかいつも心の前面にいる

卒業アルバムはわたしの宝物
あの子がいつも微笑んでいるから

努力は誰かにさせることじゃなくって！
自分がすることでしょ

弱さに負けて、文章論、幸福論、成功論など読めど
ますます遠ざかる自分を知るだけ

それでもむりくり立ち直って
ほぼほぼ許せる自分をつくる

三百六十五日に勝敗をつけていったら
今日の時点では何勝何敗？　勝ち越せそう？

お誕生日おめでとう♡
今日から始まる一年がどうかいい年になりますように

新約聖書　マタイ伝より
求めよさらば与えられん、叩けよさらば開かれん

お金を貸したくない訳じゃなくて
催促をしたくないだけなんだ

ぼくは忘れないよ
心通わせた今日という日を

男の人ってどうしてみんな
自己都合のロマンチストなんだろう

あなたもわたしもバクじゃないんだから
夢だけじゃ怖いの

義務は権利が与えられる条件ではないのに
そこんとこ勘違いしてる人多い

田植えが終わったばっかりの水田に
映る夕日が美しい

毎年ピアノの調律してるけど
その甲斐もない演奏しかできない虚しさよ

神様や仏様はなんでもわかっているから
お願いしなくてもいいんだって。お礼を言うだけでいいんだって！

世の中甘くないとか言うな
それは自分自身の問題でしかないのだから

身ぎれいにする、食べることに気を遣う、お掃除する
それが衣食住です

人生で大切なものを、健康、収入、知恵として
一日に、一週間に、一か月に程よく配分するよう努める

そのカフェには放っておかれたい人とおかれたくない人が来るが
両人ともその日によって真逆の心理状態になってたりしている

私は会社で責任ある仕事を任されているという人が沢山いる
その勘違いはさて吉か凶か

国破れて山河在りという
障子破れて桟が有りともいう

中学生のとき老け顔だったその子は
還暦会のとき誰よりも若くて男子が群がってた

長生きできるように国はいろんな施策をしている
そして今、国の大きな問題は人口構成の高齢化になっている

できる人を称して
同じ人間だなどということがあるが同じではないと思う

褒められて悪い気はしないどころか
すっごく嬉しい

自分のいいところは自分ではなかなかわからないし
指摘されてもうまく納得できない

浮上のきっかけは
諦めずにやり続けているうちに突如現れる

悩みのない人なんていないとわたしも思うが
量と質が違うんだから一緒にしないでほしいとも思う

いいんですか？　ホールインワンなんかやっちゃって
運の尽きかもしれませんよー！

好事魔多しと心を戒めていましたが
好事のときって何が魔なのか本当にわからないものです

全国ニュースの最後に株価をいうけど
こんなコーナーでその情報を求めている人ってどんな人？

トップランナーを羨ましく思うときがあるけれど
考えてみたらわたしにトップランナーを羨む資格はなかった

いまは見上げても暗雲が垂れ込めていますが
雲の上にはいつだって快晴が広がっています

痛いとき、悲しいとき、嬉しいとき、感動したとき、涙がでる
あと、山葵が効いたときとゴミが入ったときも

繰り返しのような日々にも季節は移ろい
木々にまた新しい青葉茂れる

会話する人、スマホする人、肩を落とす人、ぼーっとする人
緑陰のベンチに描かれるシーン様々

一日の終わりにはベッドの中で
心があたたかくなるような本を数ページ

会議自体がかなりブレークしてて
コーヒーブレイクのタイミングがむずかしい

パトカーを発見すると一瞬平常心が乱れる
子供の頃あんなに好きだったのに

いきなり後ろから救急車が来ると
一瞬パニくって事故りそうになる

高校生のときは選択肢がなかったから
真冬も真夏も雨の日も自転車で問題なかった

羽生結弦選手はスケートで滑る
私は言動がすべる　どっちもトップクラス

高梨沙羅選手はスキーで飛ぶ
私は記憶が飛ぶ　どっちもワールドクラス

笑い話を考えてる場合じゃない
明日はクレーム処理があったんだ

わたしはインドア派だと前々から言っていたのに
バーベキューに誘われてしまって断れなくてドキドキしている

あんたは正規雇用だからいいよねと友は言う
そういうあんたはお金持ちの娘だからもっといいよね

政治家や評論家は自説を無理強いするとき
欧米の例を持ち出すので惑わされてはいけない

東大出たからってなんぼのもんじゃ、なあ！　って振られても
私もあなたも周りにも誰一人いませんから否定も肯定もできません

ザ　ファイナルカウントダウンには
勝敗を超えた闘いの美学が漂う

日本の旅行を国内旅行と言い、外国への旅行は海外旅行と言う
島国根性いまだ健在

死か、
生きてる以上はいつだって背中合わせにいるわけだ

酒の力でも借りなきゃ言えないことなんて
言わない方がいいに決まっている

ドラマの最終回は、気持ちはわかるが
全員集合のにわか作り的展開になってしまうこと多し

失ったものの大切さに
失う前に気づけたら失わないですんだのになあ・・・、ドラえも〜ん！

勝手に期待してもいいですけど
期待ってギャンブルみたいなものだということをお忘れなく

強がり言ってるのを聞いたとき
見苦しいと感じる場合と頼もしく感じる場合がある

自信なんかない、不安だらけ
でも信じて、無理して信じて、力いっぱいやる

ため息は自分に対する問いかけ
舌打ちは周りの人や状況への責任転嫁

この本がそろそろ出来上がりそうなのに
次の本を書き始めてしまい落ち着かない

失意のどん底にいるわたしへ
わかんないよ、このさきどんだけ良くなるか（根拠ないけど）

世の中捨てたもんじゃない、に続く言葉は、
捨てる神あれば拾う神あり

花はただそこに咲いてるだけなのに
蝶もわたしも蜂だって、大好きなのさ

私は私！　なんて強がってるけど
本当はあなたのわたしでもいたいのです

夢も希望もないなんて言わないで
きれいな虹を見に行こう　やがて雨は上がるから

読んでくださったみなさま
いただいた時間に感謝申しあげます

あとがき

人間は大きな脳をもって生まれてくるせいか、余計なことを考え過ぎるもののようだ。このために、気持ちとか心に、とても弱い一面をもっている（おそらく一人残らず）。しかし私たちの日常はたくさんの余計なものに包まれて成り立っているのだ。そして、一つクリアされるともう次のハードルが待ち構えている。ゴールがまったく見えないことすらある。宗教が多くの人々の支えになっているのもわかる気がする。

私も当然、しょっちゅう不安になったり悶々としたりする。視野も思考も狭くなって、なんともいたたまれない思いになる。そんなときはそのままにしておけず、気分転換を図って、自分を励ましたりする。そう多くない、お付き合いをしていただいている方々を想いながら。

チラシやレシートの裏とかメモ紙に向かって、不安や悶々をあれやこれや書いて気持ちを整えようとするようになり、いろいろとやっているうちに、二行での表現にいきついた。そしてそんな二行がだんだん溜まっていった。

するとこんどは、「大丈夫、大丈夫、まだまだイケるって」と、もう誰かれかまわず、がんばってる人もがんばってない人でも励ましたいという、おせっかいな人間になってしまったようだ。

＊　＊　＊　＊　＊

読んでいただきましてありがとうございました。いかがでしたでしょうか。
生きていく状況は心のもち方、身に降りかかる諸々は解釈の仕方で、展開を変えられるのではないかと思っています。だからこの「励ましの二行詩たち」が、あなたの脳と心の良き休憩時間になってくれればいいなあって、思っています。
大丈夫です、まだまだイケます！

なお本書発行に際して、気持ちよく背中を押し、相談にのっていただいた、出版部の佐々木克様はじめ株式会社考古堂書店の皆さまに、心よりお礼申しあげます。

二〇一八年十一月　野瀬山　功

著者　　野瀬山　功（のせやま　いさお）

1955年　新潟市（旧 横越村）生まれ。

大学卒業後新潟市の印刷会社に就職、2015年退職。

写真雑誌「TIDE」発行人。（1998 ～ 1999）

現在　パートナーズテラス合同会社社員

Art&Coffee SHIRONE PRESSO（手伝い）

― 二行詩集・第一集 ― QK 時間

2018年11月27日発行

著　者　野瀬山　功

〒950-0205　新潟市江南区沢海 2 － 13 － 26

noseyama_isao@outlook.jp

発　行　株式会社考古堂書店

〒951-8063　新潟市中央区古町通4番町563番地

TEL 025－229－4058　FAX 025－224－8654

印刷所　株式会社ウィザップ